¡Listo, Calixto!

¡Catástrofe en el campamento!

ABBY KLEIN

ilustrado por
JOHN MCKINLEY

SCHOLASTIC INC.
New York Toronto London Auckland
Sydney Mexico City New Delhi Hong Kong

A J.C.,
un amante de la naturaleza
y el mejor hermano del mundo.
—A. K.

Originally published in English as *Ready, Freddy! Camping Catastrophe!*
Translated by Iñigo Javaloyes.

ISBN 978-0-545-27416-6

Special thanks to Robert Martin Staenberg.

12 11 10 9 8 7 6   20 21 22 23 24/0

Printed in the U.S.A.   40
First Spanish printing, January 2011

CAPÍTULOS

Tengo un problema.

Un problema muy,

pero que muy serio.

Papá y yo nos vamos

a acampar este fin de semana.

Pero papá no sabe

nada sobre el campo...

¡y a mí me da miedo la oscuridad!

Espero que pueda sobrevivir.

Ahora mismo te lo cuento.

CAPÍTULO 1

Serpientes y zorrillos

—¡Qué ganas tengo de que sea mañana!
—le dije a Robi, mi mejor amigo, mientras
almorzábamos.

—Yo también —contestó—. ¡Vamos a pasarlo
en grande!

—¿Se puede saber de qué hablan, tontitos?
—dijo Maxi, el abusón más grande de primer
grado—. ¿Se han apuntado en clases de ballet?

—Para que lo sepas, yo empiezo mis clases

de ballet mañana —dijo Cleo—. Mi mamá me ha comprado un tutú rosado con lentejuelas plateadas.

—¡A quién le importa! —dijo Maxi—. Además, no estaba hablando contigo. Estaba hablando con Calixto y Robi.

—Bueno, tampoco hay que ser tan grosero —dijo Cleo—. Además, quería decirles que...

Maxi la interrumpió de nuevo y se dirigió a nosotros.

—A ver, ¿qué es eso tan divertido que van a hacer ustedes dos? Apuesto a que voy a reírme.

—Nos vamos a acampar con mi papá —dije.

—¿Adónde? —dijo Maxi riéndose—. ¿A tu jardín?

—Permíteme decirte —dijo Robi—, que vamos a pasar una noche en el bosque.

—¿De verdad? —dijo Sonia—. ¡Qué bien! ¡Yo siempre he querido acampar!

—Sí, yo también —dije.

—¿Y qué van a hacer? —preguntó Sonia.

—Primero, vamos a montar la carpa. Luego iremos a pescar y a nadar en el lago, y después haremos una hoguera para asar malvaviscos.

—¿Dónde van a dormir? —preguntó Cleo.

—¿Cómo que dónde vamos a dormir? —dijo Robi—. Pues en la carpa, por supuesto. En bolsas de dormir.

—¿En bolsas de dormir? —dijo Cleo arrugando la nariz—. ¡En medio del campo con todos esos insectos!

—Eso es lo divertido —dijo Sonia.

—¡Qué asco! No soportaría que se me subieran encima mientras duermo.

—A ti seguro que se te meterían por la nariz —dijo Maxi, y movió los dedos como si fueran las patas de una araña.

—¡Ay! ¡Qué asco, por favor! —gritó Cleo dando un manotazo a la mano de Maxi—. Aparta tus manos de mí. Eres asqueroso.

—Y tú eres una bebé —dijo Maxi riéndose.

—¡No!

—Por supuesto que sí.

—¡No, no y no! —protestó Cleo con su vocecita de niña malcriada.

—Todos lo saben.

—Voy a decirle a la Srta. Becky —dijo Cleo, y se levantó para ir a buscar a Becky, la monitora del comedor.

—¡Bebé! —gritó Maxi y sacó la lengua. Luego nos miró de nuevo—. ¿Montar una carpa?

¿Pescar? ¡Ja! ¿Y qué saben ustedes dos sobre eso?

—Pueeees...

—Yo se los diré —dijo Maxi—. Nada. No tienen ni la más mínima idea de lo que es acampar.

—Pues yo apuesto lo que sea a que saben bastante más que tú —interrumpió Sonia—. Apuesto a que el único lugar donde has dormido ha sido en tu camita con tu osito de peluche y tu manta de bebé.

A todos nos asombra lo valiente que es Sonia con Maxi. No le tiene nada de miedo.

—Esto, yooo... —alcanzó a decir Maxi.

—Exacto, justo lo que pensaba —dijo Sonia—. Jamás has ido a acampar, así que deja de hacerte el machote.

Maxi se quedó mirándola. Abrió la boca pero no pudo decir palabra. No tenía ni idea de qué decir.

"¿Cómo lo hará?", me pregunté.

—Gracias —le susurré al oído—. ¡Estuviste fantástica!

—Ah, de nada —dijo sin darle importancia—. ¿Cuántos días van a irse?

—Vamos a pasar una noche nada más—dijo Robi—. El papá de Calixto tampoco ha ido nunca a acampar, así que hemos pensado que una noche es suficiente para empezar.

—Lo van a pasar muy bien.

—Sí, mi papá me ha dicho que vamos a pescar montones de peces y que nos los vamos a comer allí mismo. Yo voy a pescar uno enorme.

—Yo también —dijo Robi—. Voy a pescar uno más grande que tu cabeza, Calixto.

—¿Van a contar historias de miedo en la noche? —preguntó Sonia.

—Por supuesto —dijo Robi—. Yo conozco algunas realmente espantosas.

—Sí, claro, por supuesto —respondí haciéndome el valiente pero deseando, en el fondo, que los relatos de Robi no dieran tanto

miedo. Después de todo, los sonidos de los animales nocturnos bastarían para hacerme temblar como un flan.

—Tienen que tener cuidado con la *s* y la *z* —dijo Sonia.

—¿Qué es eso de la *s* y la *z*? —dije.

—Ja, ja —se rió Maxi—. Se refiere a los zorrillos. Los más apestosos del campo.

—¿Te refieres a las serpientes y a los zorrillos? —pregunté preocupado.

—Claro —dijo Robi—. ¿No sabías que el bosque está lleno de ellos? Es su hábitat natural.

Robi es un genio de la ciencia. Sabía que no lo estaba inventando porque no hay nada sobre los animales que él no sepa.

—Un momento, nadie me dijo nada de serpientes y zorrillos —dije.

—No te preocupes, si los dejas tranquilos ellos también te dejarán tranquilo a ti.

—Si tú lo dices…

Empezaba a dudar de que la excursión fuera buena idea.

—Deja de preocuparte, Calixto —dijo Robi—. ¡Lo vamos a pasar genial!

—¿Quién ha dicho que estoy preocupado?

—Va a ser una aventura de verdad —dijo Sonia dándome una palmadita en la espalda—. Ojalá pudiera ir.

—Sí, va a ser fantástico —dije forzando una sonrisa—. Una aventura de verdad.

CAPÍTULO 2

La apuesta

A la mañana siguiente, me levanté y me vestí casi antes del amanecer. Corrí a la habitación de mis padres y salté encima de papá mientras dormía.

—¡Uuuufffff! —resopló él, y luego, con los ojos aún cerrados, murmuró—: Calixto, ¿se puede saber para qué me despiertas en plena noche?

—Es hora de levantarse, papá. ¡Vamos!

¡Vamos! ¡Vamos! —dije tratando de sacarlo de la cama. Pesaba más que un saco de piedras.

—¿Qué hora es? —preguntó frotándose la cara y mirando el reloj.

—Es de día.

—Calixto, cariño —dijo mamá entre bostezos—, son las cinco de la mañana. Vuelve a la cama.

—No puedo, mamá. Papá y yo tenemos que prepararnos para nuestra aventura.

—Pero aún les quedan cuatro horas para salir. La mamá de Robi dijo que lo dejaría aquí a las nueve de la mañana.

—¿Cuatro horas? ¡No puedo esperar tanto tiempo!

—Me temo que no te va a quedar más remedio —gruñó papá—. Porque si no me dejas dormir un poco más, a lo mejor cancelo la excursión.

—¿No lo dirás en serio, verdad, papá?

—Calixto, tu papá tiene que descansar. Mira, ya que estás levantado, ¿por qué no revisas la lista de cosas que tienen que llevar y te aseguras de que no olviden nada?

—Buena idea, mamá. Ya mismo vuelvo.

—Ya mismo no, por favor —susurró papá echándose las sábanas por encima de la cabeza.

Salí corriendo y recogí la lista que había preparado con mamá. Quería comprobar que no fuéramos a dejar nada en casa. Fui recorriendo la lista con el dedo: bolsas de dormir, sí, vara de pescar, sí, cantimplora, sí, linterna de cabeza de tiburón... ¡Oh, no! ¡Mi linterna de cabeza de tiburón! El día anterior, cuando estaba empacando, no la encontré y me dije a mí mismo que la buscaría después, pero se me olvidó hacerlo. No podía irme sin mi linterna de cabeza de tiburón. ¡Tenía que encontrarla!

Primero miré debajo de la cama. Encontré un martillo de goma, una moneda y una tarjeta de béisbol que había dado por perdida. ¡Pero la linterna no estaba!

Busqué en el cajón de mi escritorio y saqué una fotografía mía y de Robi en la piscina, mi nuevo collar de dientes de tiburón y mi tarjeta de socio del acuario. Pero la linterna seguía sin aparecer.

Empezaba a ponerme nervioso. ¿Cómo iba a acampar sin mi linterna de cabeza de tiburón? Me da miedo la oscuridad y tengo que dormir con la luz encendida. Mi plan secreto era dejar

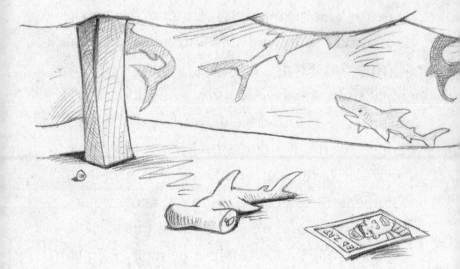

la linterna encendida toda la noche dentro de la bolsa de dormir.

Me senté en el borde de la cama y me di varias palmadas en la frente.

"Piensa, piensa, piensa".

—¡Ah, creo que ya lo tengo! —murmuré—. Seguro que Susi se la llevó cuando se fue a dormir a casa de sus amigas. Se la llevó y no me la devolvió.

Me bajé de la cama de un brinco y me dirigí a la habitación de Susi. La puerta estaba cerrada, así que giré el picaporte lentamente y entré de puntillas. Mi hermana estaba profundamente dormida. Daba tales ronquidos que parecía un puerco con asma. Un día de estos tendré que grabar sus ronquidos y ponérselos luego para que se dé cuenta del ruido que hace.

Miré por toda la habitación sin moverme de donde estaba. Nada. ¡Vaya! Me iba a tocar buscarla. Me puse en cuatro patas y empecé a gatear por la habitación. Miré en su estantería. No estaba. Miré dentro de su armario. Nada. Miré en el clóset. Nada. Cuando me disponía a mirar debajo de la cama me di un tremendo coscorrón con una de las patas.

—¡AAAAAAAAHHHH! —gritó Susi—. ¿Quién está ahí? ¿Quién está ahí?

Me asomé y le tapé la boca con la mano.

—Shhhh, soy yo —susurré.

—¡Oye! —Me apartó la mano enfurecida—.

Quítame esa mano asquerosa de la boca! ¿Se puede saber qué haces en mi habitación en plena noche?

—No estamos en plena noche.

—¡Qué más da! Aún está oscuro. ¿Qué haces en mi habitación sin permiso?

—Estoy buscando una cosa.

—¿Y por qué buscas una cosa tuya en mi habitación?

—Porque creo que tú te la llevaste.

—¿Me llevé qué?

—Mi linterna de cabeza de tiburón.

—¿Y para qué iba a querer tu estúpida linterna?

—Para contar historias de miedo cuando te fuiste a dormir con tus amigas el fin de semana pasado.

—Claro que no. Además, si hubiera necesitado una linterna se la habría pedido a mamá. Me moriría de vergüenza si alguien me viera con tu ridícula linterna.

—No es ridícula.

—Claro que sí.

—¡Que no!

—¡Que sí!

Estaba claro que así no iba a llegar a ninguna parte. Quedaban unas horas para partir y tenía que encontrar la linterna.

—¿Puedes decirme al menos si la has visto? —susurré—. Me hace mucha falta.

—¿Y a qué viene tanta desesperación?

—Es que me voy a acampar.

—¿Y qué? Seguro que Robi comparte la suya contigo.

—Necesito la mía.

—¿Por qué?

—Porque sí.

—¿Porque sí qué?

—Porque sí, sí.

—Creo que ya sé por qué —dijo mirándome con una sonrisita—. ¡Te da miedo la oscuridad!

—¡Claro que no!

—¡Por supuesto que sí! No puedes dormir con la luz apagada. Ahora lo entiendo todo. Quieres usar la linterna como si fuera una lámpara de noche.

—¿Y qué?

—¡Ay, pobre bebé! Apuesto lo que sea a que ni siquiera aguantas una noche ahí afuera. Seguro que regresan en plena noche.

—¡A que no!

—¿Apostamos algo? —dijo Susi levantando el meñique para hacer un juramento.

—¿Qué quieres apostar?

—Si vienes a casa en plena noche tendrás que hacer los deberes de la casa que me corresponden durante una semana, y si aguantas la noche entera, yo haré los tuyos.

—¿Durante una semana?

—¿Qué pasa? ¿Tienes miedo de perder la apuesta?

—No.

—Bueno, ¿entonces hacemos la apuesta o no? No tengo todo el día —dijo Susi agitando su dedo meñique.

—De acuerdo, apostemos —dije y nos enganchamos los meñiques—. Vas a arrepentirte porque la semana que viene me toca barrer el garaje.

—¿Arrepentirme? —dijo Susi—. Voy a pasarlo en grande viéndote rastrillar las hojas.

—Ni lo sueñes —dije en voz baja.

—Bueno, ahora sal de aquí.

—Pero es que aún no he encontrado mi linterna.

—Aquí no está —dijo dándome un empujoncito hacia la puerta.

—¿Y no sabes dónde puede estar?

—Me encantaría poder ayudarte, pero si quiero seguir siendo bella tengo que dormir. ¿Por qué no la buscas en la casa del árbol? A lo mejor Robi y tú la llevaron allí cuando jugaron a los detectives.

—¡Qué hermana más lista tengo! —dije dándole un fuerte abrazo.

—Sí, sí, ya lo sé.

—¡Eres la mejor hermana del mundo entero! —dije mientras salía corriendo de la habitación.

CAPÍTULO 3

Problemas con la carpa

Encontré la linterna de cabeza de tiburón justo donde me había dicho Susi. Luego esperé. Y esperé. Y esperé. La mañana avanzaba lentamente. Robi llegó a las nueve en punto. ¡Menos mal! Porque no creo que hubiera podido aguantar ni un minuto más. Cargamos el auto con nuestras cosas y nos despedimos.

Mamá me espachurró entre sus brazos.

—Adiós, cariño. Vas a pasarlo de maravilla con Robi.

—Adiós —dijo Susi sonriendo—. Duerme a gusto. Y que no te piquen los mosquitos.

—Oh, no te preocupes —dijo Robi—. Llevo repelente en la mochila.

—Sí. Hasta mañana —le dije a Susi.

—¿O hasta luego? —me susurró ella al oído.

Agarré a Robi del brazo.

—Vamos al auto. Quiero salir ya. Estamos perdiendo el tiempo. ¡Y hoy tenemos muchas cosas que hacer!

Subimos al auto. Papá se despidió de todo el mundo y salimos.

El viaje al lugar donde acamparíamos se me hizo eterno, pero por fin llegamos a eso de las once. Mamá nos había preparado sándwiches y cuando llegamos ya nos los habíamos comido.

—¡Mira esto! —dije mientras me bajaba del auto—. Es aun mejor de lo que imaginaba.

—Es más espectacular que en las fotografías —asintió Robi—. Fíjate en el tamaño de ese lago. Apuesto a que hay una tonelada de peces ahí dentro.

—¿Qué hacemos primero? —dije dando brincos—. ¿Quieres nadar o pescar?

—No tan rápido, chicos —dijo papá—. Antes de jugar tenemos cosas que hacer.

—Noooo.

—Lo primero es lo primero. Tenemos que poner la carpa antes de que se haga de noche. Los buenos exploradores nunca esperan al anochecer para poner la carpa. Voy a sacarla del auto.

—Ya verás qué carpa —le dije a Robi—. Vamos a estrenarla. Papá la compró para esta excursión.

—¿De veras?

—Sí. Es enorme. Caben cuatro personas. Y tiene un doble techo con una cremallera para protegernos mejor de la lluvia.

—El doble techo evitará que la condensación se filtre y caiga en las bolsas de dormir —dijo Robi.

—¿Eh? Hábleme en español, Sr. Einstein.

—Digo que sirve para que el rocío del amanecer no moje las bolsas de dormir.

—Así te entiendo mejor —dije dándole una palmada en la espalda.

Papá regresó con la carpa y la dejó en el suelo.

—Manos a la obra, chicos —dijo—. Antes de empezar hay que sacar todas las piezas para ver qué tenemos.

—Madre mía, sí que hay piezas —dije.

—Para eso tenemos las instrucciones —dijo papá—. Antes de montar cualquier cosa hay que leer las instrucciones.

—Mi papá siempre dice lo mismo —susurró Robi.

—Por favor, Calixto, ¿puedes pasarme las instrucciones?

—Claro, papi.

Busqué entre las piezas amontonadas sobre el suelo, pero no las vi por ninguna parte.

—¿Cómo son las instrucciones, papá?

—¿Cómo que cómo son? Vaya pregunta más boba. Es un papel con cosas escritas en él.

—Es que no veo ningún papel. Nada más un montón de palos y cosas.

—Es un papelito pequeño con diagramas y texto. Lo saqué anoche y...

Papá se quedó callado de golpe.

—¿Papá?

—¡Ay, no!

—¿Qué?

—Anoche saqué las instrucciones para echarles un vistazo y me parece que se me olvidó meterlas en la bolsa.

—Estás bromeando, ¿verdad?

—Ojalá fuera una broma.

—No se preocupe, Sr. Fin —dijo Robi—. Estoy seguro de que entre los tres lograremos montar la carpa.

—Claro, papá. No creo que sea tan difícil.

—Me gusta su actitud, chicos.

—Seguro que podemos tenerla montada en un dos por tres —dijo Robi.

Una hora después las piezas de la carpa seguían desparramadas por el suelo.

—Me rindo, esto es más difícil de lo que yo creía —dije, dejándome caer sobre la hierba.

—Tienes razón —dijo papá.

—Ya hemos perdido demasiado tiempo. No nos va a quedar tiempo para pescar o nadar.

—Pero si no montamos la carpa, ¿dónde vamos a dormir esta noche? —dijo papá.

Teníamos que encontrar una solución pronto.

—Tengo una idea —dijo Robi.

Robi suele tener buenas ideas.

—¿Sí? ¿Qué? —pregunté.

—¿Por qué no extendemos la carpa sobre el suelo y dormimos encima?

—¡Qué buena idea! —dije.

—Bien pensado, Robi —dijo papá—. Podemos dormir bajo las estrellas.

—Eso suena incluso mejor que dormir dentro de una carpa.

—Apuesto a que podremos ver montones de estrellas —dijo Robi—. El cielo va a estar muy despejado porque las luces de la ciudad quedan muy lejos. Podremos ver el firmamento y yo conozco bastantes constelaciones. Si quieres te las puedo enseñar.

—¡Qué bien! Siempre he querido conocer las estrellas y todo eso.

—Pues ya está decidido —dijo papá—. Dormiremos encima de la carpa.

—¿Podemos ir a pescar ahora?

—Un momento, hay otra cosa más que tenemos que hacer.

—¿Qué?

—Tenemos que ir a recoger ramitas y troncos para preparar una hoguera. Sin hoguera no podremos cocinar los peces que pesquemos.

—Ni los malvaviscos —dije relamiéndome.

—Vayan a buscar palos por ahí —dijo papá señalando con el dedo hacia el lago—. Yo iré por aquí. Traigan toda la leña que puedan.

—De acuerdo, papá. Te vemos aquí mismo dentro de un rato.

—Miren por donde pisan, chicos, y no metan las manos en ningún agujero —nos advirtió.

—¡No lo haremos! —gritamos mientras corríamos hacia el sendero.

—Ah, y no me vengan aquí con animalitos, ¿eh?

CAPÍTULO 4

¡Zum! ¡Zum!

Robi y yo nos adentramos por el sendero para recoger palos.

—¡Mira eso! —dije señalando un montoncito de ramas secas—. Parece que alguien ha juntado leña y no la ha quemado. Voy a recogerla.

—Un momento, Calixto —dijo Robi agarrándome la manga de la camisa—. Yo en tu lugar no lo haría.

—¿Por qué no?

—¿Te acuerdas lo que nos dijo Sonia sobre las serpientes y los zorrillos?

—Sí.

—Creo que esos palos no los ha recogido una persona.

—¿No?

—Pues no. Eso de ahí parece una madriguera de zorrillo. Me temo que esos palos no están ahí por casualidad.

—¿De veras? ¿Cómo lo sabes?

—No estoy seguro, pero leí sobre los bosques en mi computadora antes de salir, y eso de ahí se parece bastante a una madriguera de zorrillo.

—Entonces no me acercaré —dije tapándome la nariz—. No quiero arriesgarme a que un zorrillo me ataque.

—Claro que no —dijo Robi riéndose—. ¡Los zorrillos son realmente apestosos!

—Huelen a P.2. Vámonos de aquí.

Seguimos avanzando por el sendero hasta que de pronto Robi se detuvo en seco y extendió la mano para que no siguiera.

—Shhh —susurró—. Mira ahí, encima de esa roca.

—¿Qué?

—Shhh. Allí, mira —susurró de nuevo señalando con el dedo.

—¿Dónde?

—En esa roca. Hay una lagartija.

Esta vez sí la vi.

—¡Vaya! Creo que es la lagartija más grande que he visto en mi vida.

—Ya lo sé. ¡Esa cola es más larga que mi mano!

—¡Atrapémosla!

—Pero, ¿no dijo tu papá que no atrapáramos animales?

—Dijo que no lleváramos ninguno al campamento. No dijo que no pudiéramos jugar con ellos en el bosque —susurré. Dejé en el suelo los palos que llevaba y empecé a acercarme de puntillas al animal.

Robi me seguía de cerca.

—Tú ve por ahí —dije—. Trataremos de rodearla para que no pueda escapar.

Nos seguimos acercando hasta que llegamos a menos de un metro del animal.

—Vamos, Robi —dije—. Cuento hasta tres y nos lanzamos por ella.

Empecé a contar con los dedos, en silencio.

"Uno, dos, ¡tres!"

Saltamos hacia la lagartija al mismo tiempo. Sentí su piel escamosa entre los dedos.

—¡La tenemos! ¡La tenemos! —grité, pero antes de que pudiéramos levantarla se nos escurrió entre los dedos y se escabulló entre los arbustos.

—¡Ay! —grité—. ¡Casi la cazamos!

—Ya lo sé —dijo Robi—. Yo también creí que era nuestra. La teníamos y de pronto desapareció.

—Qué rabia. Era mi oportunidad para tenerla de mascota por un día. Mamá nunca me dejaría tener un animal como ése en casa.

—Quizá encontremos otro. Ahora tenemos que recoger la leña antes de que tu papá empiece a preocuparse.

—Es verdad. Además, si no nos apuramos, no quedará tiempo para pescar. Así que vamos.

Recogimos nuestros montoncitos de palos y seguimos recogiendo más leña por la senda. Cuando ya casi no podíamos recoger más, Robi se detuvo en seco.

—¿Qué pasa? —dije.

—Acabo de ver una cosa —dijo con la mirada

fija en las ramas.

—¿Qué?

—Me parece que eso de ahí es una colmena —dijo señalando a una rama baja que se extendía sobre nosotros.

—¿Tú crees? ¿Una colmena de abejas de verdad?

—Sí.

—¿Crees que habrá abejas dentro?

—No lo sé. A lo mejor.

Di un salto para colgarme de la rama y bajarla hacia mí.

—Calixto, ¿se puede saber qué haces?

—Quiero verla mejor. Nunca he visto una colmena tan de cerca, nada más que en fotos.

—Creo que deberías quedarte quieto. ¿No recuerdas lo que te pasó la última vez que trataste de colgarte de una rama?

—¿Qué?

—¿Cómo que qué? Acabaste en la sala de urgencias con un brazo roto.

—Me estás empezando a recordar a mamá.

Y no voy a romperme ningún brazo —dije sin dejar de brincar para colgarme de la rama.

—Y además —dijo Robi—, a las abejas no les gusta que las molesten cuando están en sus colmenas.

—¡La tengo! —grité agarrado de la rama sin hacer caso a Robi.

Empecé a tirar hacia abajo para poder ver mejor la colmena cuando de repente... *¡CRAC!* La rama se rompió... ¡y la colmena cayó al piso!

Parece que el golpe despertó a las abejas. Al principio oímos un zumbido suave. Pero empezó a sonar más y más fuerte. Luego empezaron a salir no sé cuántas abejas.

—¡Sálvese quién pueda! —gritó Robi—. Es un enjambre... ¡y viene por nosotros!

—¡AAAAHHH! —gritamos, y corrimos como locos por la senda mientras el enjambre zumbaba muy cerca.

CAPÍTULO 5

Toma, pececito, toma

—¡Salta al lago! ¡Salta al lago! —gritó Robi—. ¡Ahí no podrán picarnos!

Saltamos al lago completamente vestidos y estuvimos sumergidos unos segundos. Cuando finalmente salimos a la superficie, las abejas ya se habían ido.

—¡Nos salvamos por un pelo! —dije.

—Sí, por el pelo de un calvo. A ver si la

próxima vez me haces caso. Creo que sé un poquito más de animales que tú.

—A partir de ahora mandas tú —dije.

En ese momento vimos llegar a papá por el sendero.

—Los oí gritar —dijo—. ¿Están bien? ¿Qué hacen metidos en el lago? Creo que les pedí que recogieran leña antes de bañarse.

Salimos del lago con los tenis chorreando y con la ropa empapada.

—¿Les importaría decirme qué ha pasado aquí? —dijo papá.

—Hemos tenido un pequeño problema, Sr. Fin —dijo Robi.

—Ya lo veo. ¿Se puede saber qué problema?

—Pues es que... nos ha perseguido un enjambre de abejas furiosas.

—¿Un enjambre de abejas furiosas? ¡Qué miedo! ¿Y se puede saber por qué los perseguía el enjambre? —preguntó.

—Bueno, esto... digamos que es una historia

muy larga, papá —dije mirando a Robi.

—Sr. Fin, parece que algo molestó a las abejas justo cuando pasábamos por debajo de su colmena.

—¿De verdad? ¡Vaya! Me alegro de que no los haya picado ninguna. Bueno, ¿qué les parece si nos ponemos los trajes de baño, colgamos esa ropa mojada y pescamos un poco?

—¡Me parece una idea estupenda! —dije.

Regresamos al campamento, nos pusimos los trajes de baño, agarramos nuestras varas de pescar y regresamos al lago.

Encontramos una enorme roca aplanada para sentarnos. Estaba justo en la orilla.

—¿Qué clase de peces hay en este lago, Sr. Fin? —preguntó Robi.

—Truchas. Y son bastante grandes.

—Voy a pescar la trucha más grande del lago —dije, haciéndome el fanfarrón.

—Eso ya lo veremos —dijo Robi—. Yo soy un pescador extraordinario.

—Dime, Robi, ¿has ido a pescar alguna vez? —preguntó papá.

—Sí, montones de veces. Con mi abuelo.

—Bueno, esta va a ser la primera vez para Calixto y para mí —dijo papá mientras trataba de poner el señuelo.

—¿Qué es eso, Sr. Fin? —dijo Robi apuntando al señuelo con el dedo.

—Si has ido de pesca debes saber lo que es —respondió papá—. Es un señuelo, ya sabes... cebo para los peces.

—Es que nunca he visto uno de esos.

—¿No? —pregunté.

—No. Mi abuelo y yo siempre usamos lombrices.

—¿Lombrices?

—Sí. Lombrices.

—Gusanos de goma, ¿no? —pregunté yo.

—No, lombrices vivas, de verdad.

—¿Lombrices viscosas, escurridizas y pegajosas de verdad? —dije.

—Sí, los mejores peces siempre van a las lombrices.

—¿De verdad? ¿Puedo usar una?

—¡Claro! —dijo Robi sacando un pequeño frasco del bolsillo. Estaba lleno de lombrices.

—Oye, ¿dónde las has encontrado?

—En la tierra. Esta mañana salí al jardín y encontré algunas bien gordas y jugosas. Toma —dijo mientras sacaba una del frasco—. Prueba con esta.

Me pasó la lombriz y la agarré con cuidado, tratando de que no se me escurriera de las manos. Mientras, papá puso un anzuelo en la punta de mi sedal.

—Lo siento, amiguita —dije—, ¡pero vas a ser el almuerzo de un pez!

Luego arrojé el sedal al agua.

—¿Y ahora qué? —pregunté.

—Ahora tienes que sentarte a esperar —dijo Robi—. Para pescar hace falta tener paciencia.

Nos quedamos sentados en silencio varios minutos. Y entonces, sentí un tironcito en mi sedal.

—¡Eh! ¡eh! ¡Creo que tengo algo! ¡Creo que tengo algo!

—¡Recoge sedal! ¡Recoge sedal! —gritó papá.

Empecé a recoger sedal a toda velocidad.

—¡Creo que es muy grande! —grité—. ¡Mira cómo tira!

Recogí sedal hasta ver al pez aparecer en la superficie del lago.

—¡Mira! ¡Mira! ¿Lo ves, papá? ¿Lo ves?

Pero antes de que papá pudiera abrir la boca, el pez dio una sacudida, se soltó del anzuelo y desapareció.

—¡Se ha escapado! —dije defraudado.

—Toma —dijo Robi pasándome otra lombriz—. ¡Vuelve a intentarlo!

—No voy a volver a sacar un pez así de grande. ¿Lo viste?

—Es verdad, no estaba nada mal —dijo papá—. Y seguro que hay un montón de peces igual de grandes en el lago. Pero si sigues con el anzuelo fuera del agua no vas a atrapar ninguno.

Puse otra lombriz en el anzuelo y volví a arrojarlo al agua. Luego esperé y esperé y esperé, pero no picaba nada.

—Pececito, pececito, pececito, ven aquí —dije—. Ven por tu almuerzo.

—Ja, ja —se rió Robi—. Los peces no son perros, Calixto. No vienen cuando los llamas.

—¿Ah, sí? —dije—. Pues te equivocas porque acaba de picar uno bien grande.

Me puse de pie para tirar con más fuerza. Me planté con los dos pies juntos y empecé a recoger sedal.

—¡Muy bien, Calixto! —gritó papá—. ¡No pares! ¡Estás a punto de pescarlo! ¡Es gigantesco!

—No te preocupes, papá. ¡Esta vez no lo dejaré escapar! —grité—. ¡Míralo, Robi! ¡Míralo! —exclamé dando saltos de alegría.

Y entonces, resbalé, perdí el equilibrio y aquel pez... ¡CATAPLOF! ¡Me arrastró hasta el lago!

—¡Calixto! ¿Qué haces? —gritó papá—. Se supone que tienes que sacar al pez del lago, no meterte dentro para perseguirlo.

—Ja, ja. Muy gracioso, papá —dije mientras

intentaba salir del agua con su ayuda.

—Es una broma —dijo él—. No te enfades.

—No puedo creer que también se me haya escapado. Y para colmo he perdido mi vara de pescar. Está en el fondo del lago.

—No es el fin del mundo.

—Ya, pero si no pescamos nada, ¿qué vamos a cenar esta noche?

—He traído unos perros calientes en caso de que la cena no saliera como habíamos planeado —dijo papá sonriendo—. Así que, ¿por qué no se dan un baño ustedes dos? ¿Qué me dicen?

—¿A ti qué te parece? —le dije a Robi.

—¡El último que se tire es un huevo podrido! —dijo Robi dando un salto y lanzándose al agua.

Luego me tiré yo.

CAPÍTULO 6

Pasa los malvaviscos, por favor

Después de nadar regresamos a la carpa para ponernos la ropa. Por suerte, ya se había secado.

—Me muero de hambre —dije—. ¿Cuándo cenamos?

—Supongo que tendrán bastante apetito —dijo papá—, así que en cuanto hagamos la hoguera podemos empezar a preparar los perros calientes.

—Y los malvaviscos —dije.

—Eso es, Calixto —dijo papá sonriendo—. Lo único que tenemos que hacer es amontonar la leña que trajiste con Robi. ¿Dónde la pusieron?

Miré a Robi. Él me miró a mí.

—Sí, los palos...

—Claro, ¿dónde están? —insistió papá.

—¿Te acuerdas que tuvimos que huir de un enjambre de abejas? —pregunté.

—Sí.

—Pues creo que cuando salimos pitando los dejamos tirados junto al árbol de la colmena.

—Sr. Fin, si le parece podemos ir a recogerlos —dijo Robi.

—Buena idea. Vayan a recoger los palos. Mientras tanto, yo empezaré a organizar la comida.

—¿Estás chiflado? ¡Yo no me acerco a esa colmena ni loco! —dije mirando a Robi.

—No te preocupes, Calixto —dijo Robi—. Allí

ya no quedan abejas.

—¿Estás seguro?

—¿Qué te dije antes?

—Sí, sí, ya lo sé —dije y le di una palmadita en la espalda a mi amigo—. Tú mandas cuando se trata de animales. Vamos.

Me dirigí a papá.

—Estaremos de regreso en unos minutos —le dije mientras avanzábamos por el sendero.

No tardamos mucho en llegar al árbol. Por fortuna las abejas se habían marchado y nuestros palos seguían allí. Los recogimos y regresamos al campamento.

—Aquí está la leña, papá.

—Buen trabajo, chicos. Y ahora, ¿qué les parece si encendemos el fuego?

No tardamos en preparar una estupenda hoguera.

—¡Caramba, Sr. Fin! —dijo Robi—. Esto es lo que se dice una señora hoguera.

—Gracias, Robi —dijo papá—. Tu abuelo

te enseñó a pescar, y a mí el mío me enseñó a hacer buenas hogueras. Vivía en el campo y calentaba su casa con una estufa de leña. Cada vez que íbamos a visitarlo teníamos que encender la estufa para no morirnos de frío.

Una especie de rugido interrumpió su relato.

—Shhh. ¿Oyeron eso? —preguntó Robi.

—Son mis tripas —dije riendo—. Creo que están diciendo ¡a comer!

—Pues adelante —dijo papá—. ¡A comer! Toma, una salchicha para ti y otra para ti. Pínchenla con uno de estos palos y sosténganla sobre el fuego hasta que se agriete un poco la piel y empiece a soltar jugo.

—¿Quieres decir que la cocine yo solo? —dije.

—Lo mejor de las acampadas es asar salchichas en una hoguera. Pero no se acerquen demasiado al fuego.

Las salchichas se cocinaron enseguida.

—Déjenlas enfriar un poco y luego se las

pueden comer directamente del palo —dijo papá.

—¿De veras? Ojalá pudiera comer así todos los días —dije, y soplé mi salchicha para enfriarla.

—Eso —dijo Robi—. ¿Cubiertos para qué?

Le di una mordida a mi salchicha.

—¡Qué buena! —dije—. Creo que es la mejor salchicha que he comido en mi vida.

—Yo también —dijo Robi.

Comimos las salchichas como si lleváramos una semana sin comer.

—¡Y ahora el postre! —grité. Me puse de pie y agarré una bolsa de malvaviscos—. Ya puedo sentirlos derritiéndose en mi boca.

—A mí me gustan más entre dos galletas —dijo Robi—. Quien haya inventado esa fórmula es un auténtico genio.

—Tienes toda la razón —dije, y pinché tres malvaviscos en mi palo.

—Calixto, no seas avaro y deja algo para nosotros —dijo Robi riéndose.

Pasé los malvaviscos por encima del fuego hasta que se doraron. Luego los puse con cuidado sobre una galleta, les puse un poco de chocolate y, por último, otra galleta encima.

—Miren —dije relamiéndome—. Esto es lo que se llama una obra de arte.

—¿Te la vas a pasar hablando o te los vas a comer? —preguntó papá.

—No he hecho más que empezar —dije—. Voy a comerme uno y otro y otro...

—Eso veo —dijo papá.

Comimos galletas con malvaviscos y chocolate hasta reventar.

—Creo que me voy a enfermar —dije con una sonrisa.

—Mientras no vomites encima de mí... —dijo Robi.

—Era un chiste, hombre. No voy a vomitar.

—Menos mal —dijo papá—, porque si te llevo a casa enfermo voy a tener un problema muy serio con tu mamá.

—De hecho, no me he sentido mejor en la vida —dije sonriendo de oreja a oreja—. Lo estoy pasando en grande, papá.

—Yo también, Sr. Fin. Muchas gracias por invitarme.

—Ha sido un placer, Robi. Yo también lo estoy

pasando bien. ¿Qué les parece si recogemos todo este desorden, sacamos las bolsas de dormir y contamos historias de fantasmas?

—¡Buena idea! —dijo Robi—. ¡Me sé algunas historias verdaderamente aterradoras!

CAPÍTULO 7

Shhh, ¿qué es eso?

Nos quedamos un rato contando historias de miedo alrededor de la hoguera. De hecho, quien contó las historias fue Robi. Papá y yo nos limitamos a escucharlo. No quería que Robi pensara que soy un bebé, así que fingí que sus relatos no me daban miedo, a pesar de que estaba convencido de que tendría pesadillas esa noche. Menos mal que había encontrado mi linterna de cabeza de tiburón. Estaba claro que la iba a necesitar.

—Qué buenas historias, Robi —dijo papá—. ¿Quién te las ha contado?

—Las he leído en libros.

Aunque Robi está en primer grado, es tan listo que puede leer cualquier cosa.

—¿A ti no te han gustado, Calixto?

—Sí, claro que sí... mucho —dije con una sonrisa falsa, porque lo que realmente pensaba era que eran aterradoras.

—Creo que ha llegado el momento de apagar la hoguera y meternos en las bolsas de dormir —dijo papá—. Vamos a echar agua del lago encima de la hoguera para que no quede ninguna brasa encendida.

Echamos un montón de agua y cuando estábamos a punto de meternos en las bolsas me acordé de algo.

—¡Un momento!

—¿Qué pasa, Calixto?

—Tengo que ir al baño.

—Bueno, pues ve.

—¿Dónde está?

—¿Cómo que dónde está?

—Quiero decir, ¿dónde está el baño?

Papá señaló hacia unos arbustos.

—Ahí no hay ningún baño —dijo riendo.

—¿De qué te ríes? —pregunté.

—Calixto —dijo él sin parar de reír—, estamos en medio del campo. Si tienes que hacer tus necesidades tendrás que hacerlas en los arbustos.

—¿En los arbustos?

—Sí. En los arbustos.

—¿Y si algún animal intenta morderme mientras hago mis necesidades?

Esta vez le tocó reírse a Robi.

—Ja ja ja ja. ¡Qué gracioso eres, Calixto!

Se rió tanto que se encogió como una lombriz.

—Lo digo en serio —dije.

—No te va a morder ningún animal —dijo papá—. Lo único que tienes que hacer es llevar tu linterna y ponerla en el suelo para que puedas ver.

—¿Estás seguro?

—Claro. Y ahora corre, no vayas a hacerte en los pantalones.

Corrí detrás de los arbustos. Hice mis necesidades en un tiempo récord y volví a mi bolsa de dormir como una centella.

—¿Ya? —preguntó papá.

—Sí, sí. Más rápido que una bala.

—Oye, Calixto, apaga la luz —dijo Robi—. Creo que estoy viendo a la Osa Mayor.

—¿De verdad? ¿Dónde? —dije tumbado hacia arriba, mirando las estrellas.

—Justo allí —dijo Robi mientras señalaba el firmamento—. ¿La ves? Tiene forma de sartén.

—Ah, sí. Ahora la veo.

—¿Y esa de allí no es la Osa Menor? —preguntó papá.

—Es como la Osa Mayor, pero más pequeña —dije.

—Ah, por eso se llama Osa Menor, ¿no? —dijo Robi con sorna.

—Calla —le dije dándole un amistoso golpe en el hombro.

—Ah, ¡miren allí! —dijo él entonces—. Allí se ve el Cinturón de Orión. Parece una fila de tres estrellas.

—Nunca había visto tantas estrellas en mi vida —dije asombrado—. ¡Es increíble!

—Bueno, lamento arruinarles la fiesta, chicos, pero es hora de dormir.

—¿De verdad, papá?

—Me temo que sí. Se está haciendo muy tarde y ustedes dos han tenido un día muy intenso. Estarán más agotados que yo.

—Ahora que lo dices, no aguanto más —dije bostezando—. Buenas noches, papá. Buenas noches, Robi.

—Buenas noches, Calixto. Buenas noches, Sr. Fin.

—Buenas noches, muchachos.

En cuanto Robi y papá se dieron la vuelta, metí la cabeza dentro de la bolsa de dormir y encendí mi linterna de cabeza de tiburón.

¿A quién trataba de engañar? Por muy cansado que estuviera, no iba a pegar un ojo en toda la noche. Si paso miedo en mi habitación,

donde no se oye nada, ¿cómo no iba a pasar miedo durmiendo a la intemperie y rodeado de sonidos extraños?

Me quedé lo más quieto que pude, concentrándome en los sonidos de la noche. Y de pronto oí: *crac, crac, crac.*

Me quedé helado. Quise avisarle a papá,

pero no podía mover ni un músculo. Los pasos sonaban cada vez más cerca: *crac, crac, crac*.

Tenía la boca seca y el corazón me latía a un millón de pulsaciones por minuto.

Crac, crac, crac. Aquella criatura estaba al lado de mi bolsa de dormir. Aguanté la respiración.

El sonido debió de despertar a papá porque sentí que me tocaba una pierna.

—Papá, ¿estás despierto? —dije.

—Sí —susurró él.

—¿Has oído eso?

—Sí. No te muevas.

—¿Por qué? ¿Qué es?

—Un oso.

¡Un oso! ¿Lo diría en serio? ¿Cómo podía estar tan tranquilo?

—Está buscando comida. Se irá en un minuto.

¡Parecía que el corazón me iba a saltar del pecho! ¡Un oso! ¡Un oso real de carne y hueso acababa de pasar junto a mi bolsa de dormir!

Después de lo que me pareció una eternidad, el sonido de los pasos se fue haciendo más y más débil hasta que desapareció en el bosque.

—¿Ya se ha ido? —le pregunté a papá cuando dejé de oírlo.

—Sí, se ha ido.

—Saqué la cabeza de la bolsa.

—Espera a que le cuente esta aventura a Maxi. ¡No me va a creer! Menos mal que tengo a Robi de testigo.

—No creo que Robi vaya a ser de mucha ayuda —dijo papá.

—¿Por qué no?

—Míralo tú mismo.

Saqué el cuerpo de la bolsa y miré a Robi. Estaba roncando como un angelito.

Papá y yo nos echamos a reír.

—¡No puedo creer que haya dormido durante esta aventura!

CAPÍTULO 8

P. 2.

Fue una noche muy larga. No pude dormir por temor a que apareciera otro oso. Por fortuna, no tuvimos más visitas en nuestro campamento. Cuando al fin amaneció, estaba exhausto.

—Calixto —dijo Robi empujándome—. Es hora de levantarse.

—Ay, no —protesté.

—¿Qué te pasa?

—Estoy reventaaaaaado —murmuré sin asomarme de la bolsa.

—¿Por qué?

—Porque me he pasado toda la noche vigilando.

—¿Vigilando? ¿De qué hablas?

—Anoche pasó un oso por al lado de nuestras bolsas de dormir.

—Ja, ja. Muy gracioso.

—Lo digo en serio.

—¿De verdad?

—Sí. Mira. Aún se pueden ver las huellas en la tierra.

Robi se agachó para verlas más de cerca.

—Es verdad. Son huellas de oso.

—Te lo dije.

—Qué rabia. Un oso y me lo he perdido.

—Dímelo a mí. Roncabas como si estuvieras en tu habitación.

—Qué locura —dijo Robi agitando la cabeza.

En ese momento apareció papá.

—Chicos, me temo que tengo malas noticias.

—¿Por qué no me las dices después del

desayuno? —dije.

—Porque no hay desayuno.

—¿Cómo?

—Me temo que nuestro amigo peludo de anoche tiene debilidad por el pan, y se comió todo lo que teníamos.

—No importa, papá. Mejor el pan que nosotros.

—De camino a casa pararemos a desayunar en algún lugar. Ahora vayan vistiéndose y recogiendo las bolsas de dormir.

—Claro, papá.

Nos vestimos y empacamos todo. Mientras esperábamos a que papá acabara de empacar el auto, decidimos jugar un rato al escondite.

—Robi, escóndete tú y yo te busco —dije.

—De acuerdo, Calixto. Cuenta hasta cincuenta mientras busco un escondite.

Me tapé los ojos y empecé a contar mientras Robi se marchaba.

—Cuarenta y ocho, cuarenta y nueve... y cincuenta. ¡Voy! —grité.

Caminé por el sendero. Miré detrás de una roca y al otro lado de un árbol muy alto. Mientras pensaba por dónde seguir buscando, oí algo entre unos arbustos.

—¡Ajá, ahí está! —me dije a mí mismo en voz baja—. No tenías que haberte movido. Acabas de delatarte.

Me acerqué de puntillas a unos arbustos. Quería acercarme lentamente y darle el susto de su vida.

Cuando ya estaba muy cerca, corrí al otro lado de los arbustos.

—¡Bú! —grité—. ¡Te encontré!

Cuál no sería mi sorpresa al descubrir que detrás de los arbustos no estaba Robi... ¡sino una familia de zorrillos! Les debí de dar un buen susto porque antes de que pudiera reaccionar, la madre levantó la cola y me roció.

Me di la vuelta y corrí a toda velocidad gritando:

—¡AAAAAAAH! ¡Ayuda! ¡Ayuda! Me atacó un zorrillo.

Papá y Robi llegaron corriendo a socorrerme, pero en cuanto me vieron dieron marcha atrás.

—P.2. —dijo Robi tapándose la nariz y retrocediendo aun más—. ¿Qué es ese olor?

—¡Un zorrillo! ¡Me ha rociado de arriba abajo!

Papá y Robi se empezaron a reír.

—No tiene gracia —dije.

—Lo siento, Calixto —dijo papá—. Tenías razón. Esta excursión ha sido un desastre. Te ha perseguido un enjambre de abejas furiosas, no has pescado nada, un oso se ha comido tu desayuno y ahora un zorrillo te rocía de arriba abajo. Supongo que ha sido la peor acampada posible.

—¿Qué dices, papá? —dije con una sonrisa de oreja a oreja—. Esta ha sido la mejor excursión de mi vida.

Y era la verdad.

Queridos lectores:

Cuando tenía doce años fui a acampar con mi clase. Todos pensamos que sería fabuloso dormir bajo las estrellas, así que no montamos las carpas. En plena noche oí pasos y me desperté justo a tiempo para ver un oso pardo que pasaba al lado de mi bolsa de dormir. No he pasado tanto miedo en toda mi vida. El corazón me latía a un millón de pulsaciones por minuto. Fue una noche inolvidable.

Espero que hayan disfrutado leyendo *¡Catástrofe en el campamento!* tanto como yo escribiéndolo.

¡FELIZ LECTURA!

Abby Klein

Pasatiempos de Calixto

NOTAS DE CALIXTO SOBRE LOS TIBURONES

LOS MÁS GRANDES, LOS MÁS PEQUEÑOS Y LOS MÁS RÁPIDOS

Hay tiburones en todos los océanos del mundo.

El tiburón más grande del mundo es el tiburón ballena, que puede alcanzar 46 pies de longitud.

El tiburón más pequeño del mundo es el tiburón pigmeo, que mide entre 6 y 9 pulgadas.

El tiburón más rápido es el marrajo, que puede alcanzar velocidades de hasta 60 mph.

El animal más mortífero del mundo es el gran tiburón blanco.

ESCONDITE

¿Podrás encontrar las palabras escondidas
en esta sopa de letras? Mira hacia arriba,
hacia abajo, en diagonal, de derecha a
izquierda y de izquierda a derecha.
¡Buena suerte!

OSO   CARPA   HOGUERA

ZORRILLO   LINTERNA

COLMENA   PESCAR   LAGO

SENDERO   MOCHILA

S D M Y R A C S E P

K T Z O R R I L L O

U R H R C V M A R A

C F A O W H S P N O

O I E Q G H I R T B

L E W A L U E L K O

M E O I F T E A A G

E F S E N D E R O A

N H O I S H I N A L

A V L B F A P R A C

LA RECETA FAVORITA
DE CALIXTO

Sigue esta sencilla receta para hacer un malvavisco con galleta y chocolate. Recuerda hacerlo siempre con la ayuda de un adulto.

NECESITAS:

Galletas Graham
Malvaviscos
Tabletas de chocolate

1. Asa un malvavisco al fuego.

2. Pon el malvavisco en una galleta Graham. ¡Ten cuidado! El malvavisco puede quemarte.

3. Ponle una tableta de chocolate encima.

4. Pon otra galleta Graham.

5. ¡Come y disfruta!

CHISTES ALREDEDOR DE LA HOGUERA

Esto son algunos de los chistes para contar alrededor de una hoguera que más le gustan a Calixto.

P. ¿En qué se parece un toro a otro toro?
R. En toro.

P. ¿Qué le dice un chinche a otro chinche?
R. Te amo chincheramente.

P. ¿Qué le dice la oveja a su corderito cuando le pide permiso para ir al cine?
R. Veeee, veeee.

P. ¿Por qué los elefantes no navegan en Internet?
R. Porque les da miedo el ratón.

P. ¿Cuál es el animal más viejo del mundo?
R. La cebra, porque aún está en blanco y negro.

P. ¿Qué animal come con la cola?
R. Todos, porque ninguno se la quita para comer.

P. ¿Cuál es el único animal marino que nada por la noche?
R. La estrella de mar.

P. ¿Qué le dice un caballo a otro caballo?
R. Vivo a una cuadra de aquí.